UNA NOTTE BIZZARRA

ANTON GIULIO BARRILI

CAPITOLO I

Era la notte dal 12 al 13 di gennaio 1857, e per la via Assarotti, a Genova, soffiava un vento come suole soffiare in quest'ampia via, quando Eolo scatena uno de' suoi sudditi sulla regina del Tirreno.

È tramontana? è scirocco? è libeccio? Non ne sapete nulla. Esce, non si sa da dove, e v'investe da tutte le parti. Guai allo scribacchino municipale che si lascia cogliere ad occhi aperti, perchè risica di andare a palazzo Tursi colla polvere negli occhi, di non veder più lo scrittoio e di dover chiedere una licenza di ventiquattr'ore, che il capo uffizio non è sempre disposto a concedere! Guai alla signora, che non sta attenta a raccogliersi la veste dattorno, perchè il vento è curioso di segreti e, quel che è peggio, ama troppo di propalarli ai viandanti.

Ma perchè sto io a discorrervi del vento? La storia che vi racconto non occorre in mezzo alla strada, ma in un elegante quartierino al terzo piano del secondo palazzo a sinistra.

Abita colassù, cioè, dico male, abitava nel gennaio 1857 il protagonista del mio racconto, uomo sui trentaquattro, laureato in leggi, scapolo, non brutto, nè antipatico, e con ventimila lire d'entrata.

Trentaquattro anni son forse troppi; la laurea in leggi non è nulla; ma l'essere scapolo, non brutto nè antipatico, e l'avere ventimila lire d'entrata, è già molto per esser felici, quando si abbiano desiderii modesti.

Pure, Roberto Fenoglio non era felice; si annoiava da mattina a sera, da sera a mattina. Aveva buoni e gioviali amici, ai quali imprestava spesso del denaro, e che qualche volta glielo restituivano; una vecchia governante che non gli dava molestia; un cuoco che non lo derubava; un cavallo proverbiale per la dolcezza del suo trotto; uno scanno a teatro senza noiosi vicini; e tuttavia non era felice, e si annoiava maledettamente.

Aveva provato a fare qualcosa, ad occuparsi; ma nessuna occupazione gli andava a' versi, e a breve andare se n'era stancato. Ma queste cose le mie belle lettrici le udranno dalla sua bocca, imperocchè io lo presento loro nel primo salotto del suo quartierino, alle tre dopo mezzanotte, vestito da cinese, in atto di congedare uno sciame di giovinotti e di allegre mascherine.

Perchè vestito da cinese? perchè quelle mascherine?

Roberto Fenoglio aveva raccolto in casa sua quella sera tutti i suoi amici, tanto per passar la noia in compagnia. S'era suonato, ballato e cenato, colla massima libertà ed allegrezza. Le dame non erano severe, nè contegnose. Il rispettabile corpo di ballo del teatro Carlo Felice aveva dato il suo meglio a quella festa; le mammine erano sazie e contente; le silfidi, contente e non sazie, domandavano un'altra festa come quella che Roberto Fenoglio aveva dato loro, con tanta splendidezza di mandarino annoiato.

Le allegre mascherine se ne andavano, accompagnate dai fidi cavalieri, ben chiuse nei loro accappatoi, per custodirsi dal vento, che si udia zufolare di fuori; se ne andavano giù per le scale, ridendo e cinguettando come uno stuolo di passere, o di cingallegre, e destando tutto il pacifico vicinato.

Il tranquillo berretto di cotone si rizzava commosso dalla rimboccatura del letto matrimoniale, e chiedeva:

—Che cos'è quest'allegro rumore? Ah, capisco; si balla dall'avvocato

Fenoglio.

E un sospiro mal represso chiudeva la frase. E lì, una cuffia lavorata all'uncinetto si rizzava a sua volta, per soggiungere:

—Ma come fa l'avvocato Fenoglio a dar delle feste da ballo, egli che non è ammogliato? Quali signore possono andare in casa sua?

Domanda, questa, a cui il berretto di cotone non rispondeva, e si voltava dall'altro lato, tirandosi la rimboccatura del lenzuolo fin sopra il becchetto.

La cuffia intanto pensava, pensava…. che cosa pensava? forse, che il berretto di cotone non era la più bella cosa del mondo. E il berretto di cotone, dal canto suo, fantasticava una serie di variazioni su questo tema: «beato Fenoglio! egli l'ha indovinata davvero!»

Lasciamo pensare, fantasticare e riaddormentarsi da capo questi due malinconici simboli dell'Imeneo, e torniamo al nostro protagonista, che, ritto nel salotto, si volgeva a Felice Magnasco, ultimo rimasto de' suoi convitati, per dirgli, con piglio di burlesca cerimonia cinese:

—A-ing-fo-hi!

Felice Magnasco, un giovinotto elegante ed attillato, come ogni figlio d'Adamo che usi farsi vestire (o spogliare) da un sarto di grido, diede una crollata di spalle, che fece far due grinze al suo abito nero, e rispose:

—Orvia! Gli è così che tu accomiati il tuo amico migliore?

—Sto in carattere,—soggiunse Fenoglio.—Non ti pare che io sia un bel mandarino cinese?

—Al diavolo la Cina!—proruppe l'altro,—io preferisco la tua cena.

—Oh bello, bello, stupendo! Ripetilo, Felice, te ne prego.

—Che cosa?

—Il tuo bisticcio. Sai che amo i bisticci, come tu le bistecche…. Ah, ah! che te ne pare del mio? Gli è un po' stiracchiato, come le mie braccia, tutta questa sera, per effetto della noia.

—Tu sei dunque annoiato?

—Sì, Felicino, pur troppo; il figlio della luna, il cugino del sole, s'è maledettamente annoiato.

—Male! io mi son divertito. È vero che le spese non le ho fatte io, e piacere che non sente il rame è pretto piacere. Che ottima cena! Viva te, Roberto primo ed unico della tua dinastia! Viva il tuo vino, i tuoi tartufi! e le tue bajadere. Che vispe ragazze! Oh non sai tu, che, se non era il pensiero della mia bella cugina, io questa sera ne sposavo una, senza tanti preamboli?

—Ti ringrazio per lei della tua buona intenzione,—rispose, spalancando le fauci e tendendo le braccia, il buon mandarino,—e ti ringrazio per me, se non sei costretto a sbadigliare, come io faccio in questo punto per la millesima volta.

—Ma che diamine ti saltò in mente di vestirti a quel modo e di costringerti a non metter fuori che cinque o sei monosillabi?

—Compatiscimi, Felicino! Ho pensato che, essendo i cinesi il popolo più cerimonioso del mondo, io, come cerimoniere di casa mia, non potevo fare a meno di vestirmi da mandarino. Ora tu m'hai veduto ed udito; non ho fatto altro che dire A-ing-fo-hi, che in cinese, io credo, significa: son molto lieto di vedervi.

—E i tuoi convitati,—soggiunse ridendo Felice,—ti hanno trovato compitissimo.—

Roberto Fenoglio si lasciò cadere con aria stanca sul canapè.

—Tu mi consoli, amico!—diss'egli, dopo un lungo sospiro.—Morrò almeno contento dell'altrui contentezza.

—Che diamine dici? Sei tu pazzo ora?

—No, parlo da senno e del miglior ch'io m'abbia. Sentimi, Felice; io non posso più tirare innanzi questa monotona vita. Io non faccio un passo senza che il piede medesimo si annoi d'esser mosso.

—Ecco una variante del Malade imaginaire!—esclamò Felice, in quella che andava a sedersi comodamente in una poltrona, di rincontro a Roberto Fenoglio.

Questi non badò all'atto di Felice, intento com'era a rispondergli.

—Ah sì, in tal guisa parlano i sani agli infermi. Anch'io, al capezzale di un tisico, gli ho detto un giorno: ma che diamine parlate voi di morire? Avete le guancie colorite come una mela. E dieci giorni dopo era morto.

—Dilla su dunque una volta, questa tua malattia, ed io farò di trovarti un buon medico.

—Ah ci vuol altro che un medico! La scienza non conosce il mio male, non lo ha classificato ancora ne' suoi libri; ma esso esiste, esso è là dentro.

—Dove?

—In quell'orologio a pendolo. Esso ne è il simbolo parlante, esso il complice infame. Non odi? tran.... tran.... tran.... Maledetto! È lui che ci misura la vita e ce la fa mandar giù in ventiquattro pillole al giorno; è lui l'omeopatico che ci tiene a bada con sessantesimi d'ora, con sessantesimi di minuto, e ci fa morire con dosi infinitesime; è lui.... Insomma, che ti dirò? Io odio gli orologi. Giovinetto ancora, io già presentivo la guerra che m'avrebbero mossa questi nemici dell'umanità, e mi vendicavo, anticipatamente, mandandoli, l'un dopo l'altro, al Monte di pietà. Adesso, si è uomini sodi, padroni di sè e delle sue ventimila lire d'entrata, e queste vendette bisogna lasciarle in disparte. Ma io troverò pure uno spediente; metterò, non foss'altro, un premio di mille lire per colui che scriverà un libro contro gli orologi, da camera e da tasca, pendoli, cronometri, ripetizioni, cilindri, saponette, áncore, castelli, ecc., ecc., e proverà che il loro inventore è stato un cattivo arnese.... un briccone.—

In quella che l'avvocato Fenoglio tirava giù con burlesca gravità contro i poveri orologi, Felice aveva cavato il suo dalla tasca del pianciotto e ne faceva scattare il coperchio d'oro.

—O il tuo va male, o il mio;—disse egli.—Son già le tre e mezzo del mattino, e debbo ancora chiederti un servizio innanzi di andarmene.—

Ma Fenoglio non gli dava retta; aveva veduto l'oriuolo di Felice e volea rompergli una lancia addosso.

—Ah, tu quoque, Brute? E tu sei un uomo che si diverte? col nemico in saccoccia?

—Che vuoi? è la consuetudine. E poi, non si è mica schiavi del proprio orologio! Il mio, come quello di tutti i figli di Adamo, va bene una volta all'anno. Io lo consulto per passatempo; egli fa a modo suo, io al mio, e andiamo d'accordo come marito e moglie. Ma tu, piuttosto, perchè non rompi il tuo, e non te lo levi dai piedi?

—Bravo! e la gente di servizio? Esso è in casa un arnese necessario, fatale, come la noia per me; il suo tran tran ha dato la misura al tran tran della mia esistenza.

Rompessi anche il pendolo, la mia vita monotona suonerebbe, io credo, le ore e i quarti d'ora in vece sua. Oh Felice, felice te che non ti annoi!

—E non mi avverrà mai fin ch'io viva:—rispose Magnasco;—io ho per cotesto un segreto infallibile.

—Dove si vende? ch'io vo subito a comperarlo, senza nemmanco levarmi questa zimarra di dosso....

—Oh, non tanta furia! Tu non hai bisogno di andare dallo speziale per questo. Fa a modo mio; abbandonati all'ignoto. Non chiedere mai a te stesso: «che cosa debbo io fare quest'oggi, per passar mattana?» Vedi, Fenoglio; io non mi sono mai così divertito, come un giorno che uscii di casa nell'intento di annoiarmi. Lascia operare il caso. Passi per una strada? Non isvoltare alla solita cantonata; va innanzi. Là troverai quell'amico che andavi cercando al caffè, e che, svoltando alla cantonata anzidetta, non avresti trovato di certo. Là vedrai una bella merciaia, che ti venderà un fazzoletto, mezzo seta e mezzo cotone, che regalerai poscia alla cameriera della tua bella, col risparmio di tre lire. Là vedrai una sconosciuta; la seguirai, e ti buscherai un dolce sorriso da lei, o un duello coll'amante; le quali cose ti condurranno in un altro ordine di pensieri e di conoscenze, che tu non avevi, uscendo di casa, e che potranno anche mutare del tutto il tuo sistema di vita. Insomma, non ragionare innanzi di fare, ragiona dopo; non andar colla testa, ma coi piedi; fa conto insomma di giuocare a mosca cieca.

—Ma....—soggiunse Roberto Fenoglio,—e se dò del naso in qualche spigolo?....

—Gli è,—rispose gravemente Magnasco,—uno tra gli sconci di questa teorica, per altro bellissima.

—Orbene, mi proverò;—disse Roberto. E intanto si stiracchiava sul canapè, sbadigliando di bel nuovo.

Felice se ne avvide e fu sollecito ad alzarsi.

—Il tuo sbadiglio,—diss'egli,—mi prova che debbo partire. Diamine! le quattro suonate! Ed io già avevo dimenticato lo scopo della mia fermata! Fenoglio, sai? debbo chiederti un servigio....

—In manus tuas, domine. Ti occorre denaro? Bada che non potrei oggi imprestarti più di duemila lire.

—Che! non ho bisogno di denaro, sibbene di un servigio assai più rilevante e più delicato.

—Un duello?

—Quasi; vo' prender moglie.

—Ah, per tutti i diavoli! e come e quando nacque tal fiamma in te!

—La storia sarebbe troppo lunga a raccontarsi ora,—rispose Magnasco,—ed io ho bisogno di riposare almanco tre ore, innanzi di tornare da te.

—Tornare! ma come? perchè?

—Eccoti il negozio in poche parole. Io ho una cugina....

—La vedova?

—Per l'appunto; la conosci forse?

—No, in fede mia; me ne hai parlato tu stesso qualche volta, e ancora poco fa, mi dicevi....

—È giusto, vedi che bestia! Or dunque, mia cugina, la vedova, è una crudele quanto adorata beltà, e quando io le parlo di amore, ella si mette a ridere. Io le accenno cori, ed ella mi risponde picche.

—Che c'entro io nel vostro tresette?

—Tu puoi venire da lei; le ho già parlato di te, come d'uomo a modo, rispettabile, assennato....

—Ti par proprio ch'io sia tutto ciò; Felicino?

—Io ti presento a lei,—proseguì, senza turbarsi, Magnasco,—e tu perori la mia causa; non subito, ci s'intende, ma a poco a poco, con delicate entrature.... mi capisci? Colla tua parlantina di Cicerone, puoi essermi molto utile. Le fai vedere che buon partito sarebbe per lei sposare un giovane par mio, gentile di modi, dolce di umore, e molto avveduto in materia d'interessi....

—E ti par proprio d'essere tutto ciò, Felicino?—chiese Roberto Fenoglio.

Felicino anche qui fece orecchie da mercante, e tirò innanzi nella sua orazione.

—Mia cugina è ricca, e il suo fattore la deruba a man salva, la spoglia....

—Ah! codesto gli è grave!—interruppe Fenoglio,—spogliarla eziandio? Questo è un cumulare gli uffici di fattore e di cameriera, e capisco che, se la cugina è bella, siccome m'hai detto, ti spiacerà maledettamente che altri faccia questo uffizio presso di lei. Ah, ah, che te ne pare di questo?

—È stiracchiato più degli altri;—rispose Felicino.—Ma dunque, vuoi rendermi questo servigio?

—Ci stavo appunto pensando. Tu vuoi far di me una specie di Barbiere di Siviglia…..

—Potresti supporre che….?

—Altro che supporre! lo credo, lo vedo; ma non importa. Se pensi che i miei talenti oratorî possano giovarti presso di lei…. Ah, Felicino! io ero nato per essere oratore! Basta, ti servirò; tu mi hai dato il tuo specifico contro la noia, io ti son debitore del ricambio…. se pur lo sarà! A che ora si va da lei?

—Sul mezzogiorno; ella è mattiniera come una allodola. Io dunque verrò da te alle dieci: ti vesti, andiamo ad asciolvere insieme, e poi, a piccoli passi, verso il tempio della diva. Addio, dunque, e rammenta i miei consigli….

—Abbandonarsi all'ignoto….—disse Fenoglio.

—Sicuro;—soggiunse Magnasco,—lasciare operare il caso….

—E ragionar co' piedi;—conchiuse l'altro.—Non dubitare, Felicino, ti imiterò fedelmente, servilmente, e comincierò a ragionare in tal guisa, facendo il tuo elogio alla bella cugina.

—Se' arguto, per un mandarino!

—A-ing-fo-hi!—rispose con piglio di umiltà reverente Roberto Fenoglio,—A-ing-fo-hi.

—Che in cinese significa....

—Amico, te ne ringrazio di cuore.

—La si tira per tutti i versi, quella tua frase....

—Ah, che vuoi? la è una delle prerogative della lingua cinese.—

E così, giostrando a sciocchezze, si separarono.

—Stattene a tuo bell'agio sdraiato,—disse Felicino a Roberto, che voleva alzarsi per accompagnarlo in anticamera:—conosco la strada; tirerò l'uscio dietro di me.

—Fiat voluntas tua!—rispose Roberto, a cui in quell'ora la posizione orizzontale era dolce come a Magnasco il pensiero di sposar sua cugina, o, per dir meglio, le sue cinquecento mila lire.

Alle quali cose pensando, e al soccorso che gli avrebbe prestato

Fenoglio contro la ostinata resistenza della cuginesca cittadella,

Magnasco se ne andò col cuore contento e il piè leggiero.

E andandosene, trasse l'uscio dietro a sè, siccome aveva detto a Fenoglio; ma non badò punto a sincerarsi se la stanghetta della toppa a sdrucciolo, che chiudeva la porta del suo amico, avesse battuto nell'orlo della bocchetta, per modo da cacciarvisi dentro e chiuder davvero.

Oh dio Caso, eccone delle tue!

CAPITOLO II

Roberto Fenoglio, come vi ho detto, era rimasto sdraiato sul suo canapè; un soffice canapè foderato di velluto, dal quale io, se ci fossi stato, non mi sarei mosso neanco per andare a nozze, e metto pegno non vi sareste mosso voi, cortese lettore, neanco per mandare a comperare il libro che mi dà modo di ragionare con voi.

L'annoiato mandarino stava fantasticando, tra la veglia e il sonno, intorno ai consigli di Felice Magnasco.

—Vedete mo che ingegno ha quel capo ameno di Felicino! Egli è giunto a sciogliere un problema, pel quale io mi vo beccando da dodici anni il cervello. Abbandonarsi all'ignoto, lasciar operare il dio Caso, ragionare co' piedi, equivale a sfuggire il tran tran della vita. L'equazione è perfetta, e un matematico non ci troverebbe nulla a ridire. Applichiamola dunque!... E prima di tutto, che cosa farò io tra dieci minuti? che bestia! cominciavo a ragionare! non debbo, non voglio sapere, che cosa farò tra dieci minuti.... Auf! che sonno! andiamo a dormire; sarà la miglior cosa che io possa fare. Felicino dovrà tornare stamane per condurmi dalla sua bella cugina, e non posso andare da lei morto dal sonno. E da capo! No, io non debbo andare a dormire; la è cosa troppo usuale; io ricasco nella consuetudine, e questa io debbo sfuggirla ad ogni costo. Eccomi qui, su questo canapè... Ci sono a caso.... Chi ardirebbe asserire che io non ci sono per mero caso? Che cosa mi accadrà egli di nuovo su questo canapè? L'ardua sentenza ai posteri. Che sonno! andrei volontieri a letto.... Ma via, Fenoglio, non lasciarti così vilmente sopraffare dalla ragione! Si direbbe che hai paura dell'ignoto. Chi è questo signor ignoto?... È brutto o bello? E la cugina di Felice, è bella davvero come ei la dipinge? O non l'ama piuttosto per le sue ricchezze? Già, volere o non volere, il denaro si ficca sempre dappertutto. Diciamo di no; sacramentiamo che non è vero; ma la ricchezza comanda agli occhi del nostro corpo, come a quelli della nostra ragione.... Ma chi sa? potrebbe anco esser bella, questa cugina!...

Lettrici e lettori, io vi fo grazia di tutte le altre considerazioni scucite del mio protagonista. La pigrizia, più assai de' consigli dell'amico, lo aveva tenuto sul canapè, dove, pochi minuti dopo, egli era rimasto assopito.

Non vi giurerei che le copiose libazioni dello sciampagna spumante non c'entrassero anch'esse per una larga porzione. Roberto Fenoglio era uomo che non disprezzava punto il bicchiere, e quella notte, poi, in mezzo ad una brigata di capi scarichi e di gaie alunne di Tersicore, egli aveva pensato a dare il buon esempio, bevendo allegramente per quattro.

Dormi, Fenoglio; dormi, mandarino annoiato; il tuo sonno non vuole durar molto.

Imperocchè, voi già lo avete indovinato, belle lettrici e lettori cortesi, io non lo lascierò solo sul suo canapè, e non prolungherò la scena muta oltre i confini della vostra pazienza.

Venite con me verso l'uscio di casa. Non udite su per le scale un muover di passi frettolosi e leggieri? Non abbiate timore di ladri; insieme co' passi, s'ode il fruscìo di una veste di seta.

Chi è questa donna che sale, o, per dir meglio, che vola, sfiorando appena del piede e del lembo della sua veste gli scalini, e si ferma, si rannicchia spaurita, tremante, ansante, sul pianerottolo, vicino all'uscio semichiuso di Roberto Fenoglio?

Aspettate, e lo saprete. La bella incognita (imperocchè essa è bella, ed io già lo so, quantunque siamo tuttavia al buio), la bella incognita, dico, rattiene colassù la sua corsa, e raccolte intorno a sè le larghe pieghe del suo accappatoio di seta, tende l'orecchio per cogliere ogni più lieve rumore che possa giungere dal basso. Non ode nulla, e le si allarga il cuore; perciò, fattasi più animosa, si attenta di sporgere il capo sulla ringhiera…. Ma ohimè! Appunto allora comincia ad udirsi giù in fondo alle scale uno stropiccìo di piedi, quindi un rumore confuso a cui tien dietro lo scoppiettìo di un zolfanello strofinato su d'una ruvida superficie, e un raggio di luce balena dal pozzo della scala.

La povera bella si rannicchia da capo nel suo angolo, ma non istà ferma al suo posto neppure un minuto secondo.

—Dio mio! come fare?—ella mormora tra sè,—dove potrò salvarmi!—

Tremante, confusa, ella si avanza a tentoni, brancicando verso la parete, come per cercare le imposte di un uscio; che certo ha da trovarsi su quel pianerottolo. Ella suonerà, domanderà soccorso…. ma giungeranno in tempo ad aprirle? Chi sa? intanto ella va cercando colle mani il vano di quest'uscio e la corda del campanello, ma senza pro. La sua manina leggiadra (io lo so, quantunque siamo al buio, e la conoscerei tra mille), la sua manina leggiadra, dico, erra un tratto nel vuoto, quindi urta in uno dei battenti dell'uscio; ed oh maraviglia! il battente si apre da sè, e il pianerottolo si rischiara d'un subito, all'interna luce dell'anticamera di Roberto Fenoglio.

Benéfici effetti della trascuratezza di Felicino Magnasco, che non aveva badato a far scorrere la stanghetta della toppa a sdrucciolo nella sua rispettiva bocchetta! Oh caso, caso! E i filosofi verranno poi a sostenere che esso non è l'ordinatore, anzi l'azzeccagarbugli delle umane vicende?

La povera bella fu, sulle prime, come sbigottita da quello aprirsi improvviso dell'uscio, al semplice tocco delle sue dita. Quel quartierino aperto, e in apparenza deserto, le metteva paura. Tremò tutta dal capo alle piante, e si ritrasse fin presso la ringhiera. Ma di là tornava ad udire il rumore dei passi, e al rumore dei passi si mescolava il discorso di due persone che salivano, del qual discorso giunse fino a lei spiccatamente una frase: andiamo su, ella non ci sfugge di certo. E allora la poverina si fece animo, guardò in alto come per chieder protezione dal Cielo innanzi di commettersi nell'antro ignoto di quel quartierino, che si schiudeva luminoso a' suoi occhi, e si buttò perduta nell'anticamera. La sala era deserta; imperocchè l'unico servitore di genere mascolino che fosse in quella casa, trattandosi di una festa un tal po' scapigliata, aveva avuto licenza di andarsene a letto dopo l'ultima versata di sciampagna, e la licenza gli era paruta un comando. La bella sconosciuta non ardì nemmeno richiuder l'uscio; chè le sembrava di cadere di Scilla in Cariddi, e non voleva precludersi la ritirata da un male peggiore. Si inoltrò guardinga fino ad una portiera di seta azzurra; stette incerta un tratto, quindi si provò a sollevarla dolcemente, sporse la sua testolina nel vano, e le si parò davanti agli occhi lo spettacolo del mandarino dormente.

—Ah? Che vuol dir ciò?—chiese tra sè, con atto di meraviglia, la sconosciuta visitatrice. Di maraviglia, notate, non di paura!

Un uomo che dorme non fa paura ad una donna. Giaele, Giuditta, e tante altre donne famose di quella risma, ne fanno testimonianza non dubbia. La nostra sconosciuta, che non aveva nè chiodi di configger nelle tempia a Sisara, nè testa da troncare ad Oloferne, e che però ci aveva la coscienza tranquilla, dopo quel primo atto di meraviglia, compose le labbra ad un sorriso; un bel sorriso, in fede mia, e che illeggiadriva di molto le sue bellissime labbra.

Essa era bella, mio candido lettore, bella quasi come voi, mia adorata lettrice. Qui, poichè siamo alla luce dei doppieri (parlo in poesia, ma in umile prosa bisognerebbe dire di una lucerna Carcel), cadrebbe in acconcio uno scampolo di descrizione della sua ammirabile bellezza. Ma siccome non ho tempo da perdere, lascio che ve ne formiate voi un concetto colla fervida immaginazione, mio candido lettore, e che ve la raffiguriate voi, guardandovi nello specchio, mia adorata lettrice.

—Un cinese?—pensò la sconosciuta, guardando Fenoglio.—O dove diamine son capitata? E nessun altro in questa casa.... non una donna a cui volgermi.... E quei due che salgono le scale!... Dio mio che faccie sinistre! E come mi correvano dietro! Ah! essi sono già qui, sul pianerottolo.... urtano nell'uscio.... Ma io non l'ho chiuso, non l'ho chiuso! E come fare adesso? Signore! signore!—

Ma sì, chiamalo, Roberto Fenoglio aveva legato l'asino a buona caviglia, e non dava segno di volersi svegliare.

Ella ripetè, collo stesso tono di voce sommessa con cui aveva cominciato a chiamarlo: signore! signore!

—A-ing-fo-hi!—borbottò nel sonno il bravo mandarino Fenoglio.

Cotesto non era rispondere, siccome ognun vede. La povera bella, sgomentata dal rumore che si faceva sul pianerottolo, ebbe ricorso ad uno stratagemma simile a quello del fagiano quando tenta di nascondersi agli occhi del cacciatore, ficcando la testa sotto un'ala; buttò l'accappatoio sotto una poltrona, che stava di fianco al canapè del mandarino, e si lasciò cadere su quella poltrona, rimanendovi supina in atto di donna dormente.

—Ohè, Piccione! una porta aperta....

—Vedo bene; la sarà entrata qua dentro, la fuggitiva.

—Impossibile! Avrebbe badato a chiudere l'uscio dietro di sè. Qui c'è un altro negozio.... un furto consumato....

—Ragione di più per entrare!

—Sicuro, entriamo!

CAPITOLO III

Questo dialogo avveniva sul pianerottolo, tra i due persecutori della bella sconosciuta, i quali non erano altrimenti due Adoni da quadrivio, sibbene due sergenti di Questura, il Negri e il Piccione.

Lo strepito dei loro passi mascolini nell'anticamera e il percuoter delle loro daghe contro le masserizie, fecero quello che non aveva potuto ottenere la vocina della sconosciuta; vo' dire che destarono dal sonno l'avvocato Fenoglio, il quale balzò in piedi dal suo canapè, e vedendo alzare la portiera di seta e un braccio e una gamba introdursi nel salotto, urlò prontamente: ai ladri! e diè di piglio ad una sedia di Chiavari, per servirsene come di una mazza ferrata contro gl'invasori del suo domicilio.

—Si cheti, signore, si cheti!—disse il Negri facendosi innanzi.—Noi non siamo ladri, nè gente che le voglia far del male. Guardi alla nostra divisa…. Ma chi vedo? il signor avvocato….

—Roberto Fenoglio in carne ed ossa,—rispose Fenoglio, che a sua volta aveva riconosciuto i sergenti;—ma che cosa vogliono le signorie loro a quest'ora, in casa dei pacifici cittadini?

—Oh, la ci scusi, signor avvocato. Aveva l'uscio aperto….

—Amico mio,—disse una vocina sottile che fece balzare due passi indietro il mio protagonista,—gli è stato di certo quel briccone di Battista, che va a ciaramellare di notte colla cameriera del quinto piano. Bisogna scacciarlo dal nostro servizio, non è egli vero?

—Si certo, lo scacceremo!—rispose Fenoglio.

E intanto guardava, con aria da melenso, ora i sergenti, ora la sconosciuta, che lo aveva chiamato «amico mio.»

—Non vorremmo aver cagionata la disgrazia di un povero servitore....—si provò a dire il Piccione.

—Che! che!—ripigliò la signora.—È un fannullone, un che so io; non è egli vero, Roberto?

—Sì, un briccone, un ladro, un assassino!—soggiunse Fenoglio, il quale non sapeva più quello che si dicesse.

—Oh, in tal caso,—disse il Negri,—con licenza di Vossignoria, lo arresteremo.

—Sì, arrestatelo.... cioè, no, lasciatelo stare, povero diavolo! Son questi i miei modi di dire.... io non uso chiamare con altri nomi la mia gente di servizio....

—Egli bisogna tuttavia che tu gli tolga questo mal vezzo, Roberto mio!—disse la donna, mettendo con leggiadra dimestichezza il suo braccio sotto quello di Roberto Fenoglio.—Dimmi, non è egli vero che tu contenterai in ogni cosa tua moglie?—

Fenoglio aveva l'aria di cader dalle nuvole. Si lasciò mettere il braccio di lei sotto il suo; anzi, posso giurarvi che, galante com'era, anco nei momenti più difficili, curvò con bel garbo il gomito, per accogliere il dolcissimo peso. Quel braccio si appoggiò sul suo con una pressione particolare, che parea dirgli: «tenetemi bordone, per carità!»; gli occhi della sconosciuta si volsero languidi a cercare una buona risposta ne' suoi; la sconosciuta era bella, assai bella; il contatto della sua aggraziata persona gli recava una commozione subitanea per tutte le vene, insomma, il sangue non è acqua, siamo tutti uomini, e Roberto Fenoglio rispose:

—Si, moglie mia, farò di contentarti.—

Tutto ciò era avvenuto in un batter d'occhio. Ora, accettata una condizione di cose, bisognava andare innanzi, mettere in buona vista tutto quel garbuglio; e Roberto, comunque fosse impacciato, ci si provò.

—Vedete un po' che bel caso!—disse egli, voltandosi ai sergenti.—S'era suonato e ballato…. una festicciuola tra amici…. ai quali avevo fatto conoscere mia moglie….

—Ah sì!—interruppe il Negri.—Ella è ammogliato di fresco; noi nol sapevamo neppure….

—Infatti,—disse Fenoglio,—io non ne avevo dato notizia a nessuno.

—Un matrimonio al gran destino….—entrò a dire con aria peritosa il Piccione.

—Come sarebbe a dire; al gran destino? Vorrete dir clandestino? Sicuro, ho fatto un matrimonio clandestino; ma ora l'abbiam propalato; tutti gli amici, i parenti, Genova tutta lo ha da sapere.—

Così dicendo, Roberto Fenoglio si volse a guardare la sua improvvisata metà, che lo ricompensò delle sue parole con uno sguardo d'ineffabile tenerezza.

—Che io possa morire, se ne capisco un'acca!—pensò egli tra sè.

—Oh ce ne rallegriamo grandemente con Vossignoria!—disse il Piccione, che era il più cerimonioso dei due sergenti.—E ce ne rallegriamo anche colla sua signora….

—Grazie, grazie!—rispose la leggiadra donnina, accompagnando le parole col più grazioso dei suoi divini sorrisi.

—Suvvia, Piccione:—disse il Negri al compagno—noi adesso disturbiamo....

—No, no, amici miei!—interruppe Fenoglio.—Voi non ve ne andrete così senza aver prima bevuto un bicchiere.

—Scusi Vossignoria: ma noi eravamo venuti in questa scala per seguire una donna.... una....

—Che cosa?—domandò con molta curiosità il padrone di casa.—Avete detto una.... Se la cosa può dirsi, finite, di grazia, la frase!

—Oh, niente di male in quanto alla moralità personale....—

Fenoglio respirò a larghi polmoni. Intanto il Negri proseguiva:

—....Insomma, debbo dirlo? Si tratta di una emissaria di Mazzini. Il signor Questore ha saputo che questa donna, una delle più terribili cospiratrici contro il governo, è venuta da Londra a Genova, e che ella doveva trovarsi appunto in una casa qui presso.... Le nostre passeggiate debbono averla messa in sospetto di qualcosa, poichè una donna appunto (ed era certamente lei) è uscita dalla casa in discorso; ma, inseguita da noi, s'è ficcata nelle scale di questo palazzo....

—Ah diamine!—esclamò Roberto Fenoglio.—E adesso come farete a trovarla?

—Ella a quest'ora avrà potuto ridiscendere le scale!—si affrettò a soggiungere la signora.

—Sicuro! dice bene la signora Fenoglio!—gridò il Piccione, percuotendosi la fronte colla palma della mano.—Vedi che bestia siamo stati noi altri! Ma qui bisogna correre.

—Non tanta fretta!—interruppe ella sorridendo.—A quest'ora ella ha potuto andare molto lunge, e come vorreste trovarla! Gli è un colpo fallito, al quale non si rimedia, e sarà meglio vi ricordiate che il mio Roberto vi ha pregato di fermarvi ancora pochi minuti per berne un bicchiere.

—La signora ha ragione!—disse il Negri con aria melanconica.—Ora, poichè la ci è sfuggita, beviamo.

—Signor avvocato,—ripigliò il sergente Piccione,—beveremo alla salute della sua signora moglie, che è tanto gentile quanto bella. Scusi, signora, il complimento, compatisca; siamo gente alla buona....—

Intanto Roberto Fenoglio era andato in una camera vicina e ne tornava con una bottiglia di Sciampagna, che fu sollecito a sturare per quei due ragguardevoli personaggi.

—Alla salute della signora Fenoglio!—disse il Negri, alzando il calice spumante.

—Che il Ciel la benedica, e le conceda una mezza dozzina di bei bambocci somiglianti al l'ottimo avvocato Fenoglio!—soggiunse il Piccione.

—Grazie, amici, grazie!—rispose Fenoglio.—Noi faremo di non mandar vani i vostri amorevoli augurii.—

E guardò sott'occhi la sua sconosciuta vicina, che si fe' rossa in volto come una ciliegia.

Intanto quei due, sebbene, dopo una seconda e una terza libazione, avessero veduto il fondo della bottiglia, non se ne andavano ancora. Fenoglio era sulle spine, poichè gli premeva di sapere chi fosse quella donna, e come gli fosse capitata in casa. La donna, dal canto suo, ci doveva avere le sue buone ragioni, per affrettare coi voti la loro partenza.

Il Negri, dopo una sosta di parecchi minuti secondi, così prese a parlare:

—Signor avvocato, la mi scusi; avrei a chiederle…. ma non mi dia dell'indiscreto….

—Oh, niente affatto!—rispose Fenoglio.

—Sì, sì, la è una indiscretezza la nostra…. ma tant'è, non possiamo fare a meno di pregarla….

—Ahi, ahi!—pensò il mandarino—che cosa vuole ora costui?—

La povera bella, di rossa ch'ella era divenuta, si fe' più pallida di prima.

—Vossignoria,—proseguì il sergente, senza addarsi di nulla,—è in relazione col nostro capo, il cavalier Gallesi….

—Sicuro, sono in relazione con lui, con quella degna persona;—rispose Roberto.—Lo vedo qualche volta ed ho l'onore del suo saluto. Ma che cosa….

—Ecco;—interruppe il Negri,—noi abbiamo fatto il nostro dovere, niente più niente meno del nostro dovere…. Ma se il signor cavaliere venisse a risapere che ci siamo lasciati sfuggire…. mi capisce?

—Ah! sì, capisco,—disse Fenoglio, tornando a respirare liberamente,—io non debbo dir nulla. Non dubitate, sarò muto come una tromba…. cioè no, volevo dirle come una tomba. Che diamine! vedete mo' come talvolta ci tradisce la lingua.—

Non era vero niente; Roberto Fenoglio, rasserenato dalla piega che aveva preso il negozio, tornava ai suoi primi amori col bisticcio.

—Le siamo riconoscentissimi della sua bontà, signor avvocato!—entrò a dire il Piccione, colla lingua impacciata dallo Sciampagna.—In verità non potevamo aspettarci altro da un galantuomo pari suo. Oh se tutti fossero come Vossignoria, a questo mondo!

—Taci là, bestione!—interruppe il Negri, che voleva schiccherare anch'egli un complimento all'avvocato.—Se tutti fossero come il signor cavaliere….

—No, no, lasciate i titoli da parte, io non son cavaliere e me ne…. me ne…. insomma, non lo sono!—conchiuse Roberto.

—Il governo ha torto!—sentenziò il Negri.—Io lo servo, lo rispetto e lo venero, come è debito mio; ma egli ha torto a non far cavaliere un personaggio come Vossignoria. Basta, io non c'entro…. Che cosa dicevo, Piccione?

—Dicevi che se tutti fossero….

—Ah si, mi ricordo; volevo dirti che se tutti fossero come il signor avvocato, noi perderemmo il nostro pane, perchè non ci sarebbe nulla da fare nel nostro mestiere.—

E accompagnate queste parole con un inchino, il Negri si congedò dall'avvocato Fenoglio, pregandolo, scongiurandolo da capo a condonar loro la molestia che gli avevano involontariamente recata.

Così finì quella scena, che poteva avere ben altre conseguenze per uno dei due personaggi rimasti. Fenoglio accompagnò i due sergenti fino all'uscio di casa, e questa volta lo chiuse egli, colla debita attenzione, anzi con due mandate di chiave.

Quindi tornò nel salotto, dov'era rimasta la sconosciuta, e, giunto sul limitare, si fermò, sporgendo il capo verso di lei, in aria d'un maiuscolo punto interrogativo.

CAPITOLO IV

La bella ignota era caduta sulla poltrona accanto al canapè. Lo sforzo di quella scena difficile l'aveva svigorita per modo da non sentirsi più reggere in piedi.

—Oh, signore!—mormorò ella, più che non dicesse—la mia gratitudine....

—Nulla, nulla, non mi ringraziate!—interruppe il mandarino.—Ditemi piuttosto, se non è un prentender troppo, chi siete voi, o signora, voi che vi fate di punto in bianco mia moglie, mi togliete dalla fronte quell'aureola di vergine.... e martire, la quale mi si confaceva pur tanto?

—Signore....—balbettò la povera bella,—o signore.... voi siete così buono, avete un cuor così nobile....

—Signora, io non ho cera qui sotto le mani per turarmi gli orecchi, come fece Ulisse, allorquando egli ebbe a trovarsi in un caso simile al mio; ma vi giuro che, se voi proseguite a parlarmi così dolcemente, io supplirò alla cera colla palma delle mani.—

E dicendo queste parole, le quali arieggiavan assai più il madrigale che l'invettiva, Roberto Fenoglio fe' il doppio gesto di un uomo che vuol turarsi gli orecchi.

Era grazioso in quell'atteggiamento, il nostro mandarino posticcio; e la signora, quantunque il momento non fosse da ciò, non potè rattenersi dal ridere.

—Ah, vi pigliate anche giuoco di me, bella e terribile sconosciuta?—incalzò Roberto Fenoglio.—Avete ragione, in fede mia. Eccomi ammogliato senza saperlo, e con chi? con una donna contemplata dall'articolo 185 del Codice penale.

—Oh!—esclamò la signora alzandosi in piedi.

—Non vi adirate per sovra mercato, signora!—fu sollecito a soggiungere Fenoglio.— L'articolo 185 non può offendere la dignità della donna. Ma in fine, i fatti enunciati vi accusano; la prevenzione è contro di voi. Chi inseguivano quei due degni tutori dell'ordine pubblico, se non voi? se non una…. horresco referens…. una rivoluzionaria?

—Mio buon signore,—disse la sconosciuta, accennandogli con atto leggiadro, che volesse chetarsi un tratto,—io vi prego, per quella cortesia che m'avete dimostrata fin qui, ad usar pazienza ancora un tantino. Tutto quello che è avvenuto stanotte ha bisogno di una spiegazione, e voi, gentile come siete, mi darete agio ad esporre le mie ragioni.

—Tolga il Cielo che io voglia condannarvi senza ascoltarvi—rispose Roberto Fenoglio.—Non siamo più ai tempi della inquisizione, la Dio mercè, ed io son qui tutto orecchi ad udirle, queste vostre ragioni.

—Or bene, signore, parlerò…. Ma anzitutto, voi siete un gentiluomo, e….

—E me ne vanto, signora! Ho sempre saputo custodire i segreti che mi furono confidati, e tanto più facilmente, in quanto che io sono l'uomo più smemorato che viva sotto la cappa del cielo. Tutto ciò che ode il mio orecchio destro non ha neppure il tempo di giungere all'orecchio sinistro, che io già l'ho dimenticato.

—Tanto meglio! Sappiate dunque che la rivoluzionaria c'è, e appunto quella che i due uomini della Questura cercavano….

—Ah! voi lo confessate? Ma come mai una così leggiadra donnina (scusate la schiettezza, ma io amo dire anzitutto la verità, la pura verità, niente altro che la verità), come mai una così leggiadra donnina, quale voi siete, va a ficcarsi in questi viluppi?

—Ringrazio i vostri occhi dell'inganno in cui mostrano d'essere,—rispose ella, sorridendo traditorescamente,—ma non debbo lasciar del pari in errore il vostro giudizio. Quella rivoluzionaria, di cui si parla, non sono io; siete contento?

—Respiro, signora, respiro; ma proseguite, di grazia!

—Ecco dunque;—continuò la signora,—questa rivoluzionaria è mia amica. Rivoluzionaria! Anche il vocabolo è improprio, imperocchè essa non è che la moglie di un ottimo cittadino, il quale è condannato nel capo e vive lontano dal suo paese, amandolo da lungi e facendo voti perchè si muti quest'ordine di cose, che nessun italiano di core….

—Dovrebbe tollerare!—conchiuse Roberto Fenoglio.

—Ah, son lieta di parlare con un uomo!—disse la signora, stendendo la mano a Roberto, che l'afferrò prontamente e vi stampò un rispettoso bacio, se pure è vero che i baci siano una testimonianza di rispetto.

Ella ritrasse dolcemente la sua mano e proseguì:

—La mia buona Erminia (così ella si chiama) non è qui venuta per cospirare, sibbene per vedere un suo figliuoletto che ha lasciato a Genova in casa de' suoi congiunti, e che da qualche settimana era infermo. La poverina, giunta ieri, mi ha fatto pregare stanotte di recarmi da lei, e voi potete argomentar di leggieri che io non mettessi indugio a contentarla. Il mio servitore mi accompagna fino alla porta, e lo rimando a casa per maggior precauzione. Ora ecco che, mentre io salgo le scale, odo rumor di passi…. intimorita, mi ritraggo; essi mi hanno sentita, e giù per le scale verso di me! Allora io non so più quel che mi faccia, esco fuori, e senza pure voltarmi indietro, vengo a rifugiar nel portico di questo palazzo, sperando che non mi abbiano veduta ad entrarvi. Ero in errore; mi seguono; io salgo pian piano fin qui…. trovo un uscio aperto, e voi sapete il rimanente, voi che mi avete presa a proteggere, senza pur sapere chi io mi fossi. E di ciò permettete che vi ringrazi, o signore, poichè, sebbene per me non avessi nulla a temere, la mia dignità di donna era tuttavia a repentaglio, nel trovarmi sola, di notte, e inseguita a quel modo!… Ah, mio Dio? rabbrividisco al solo pensarvi.

—Avete ragione, signora,—disse Roberto, com'ella ebbe finito il suo discorso,— avete ragione. Una donna sola, di notte, e così bella, come voi…. Ma perchè siete voi così bella?—

E uscendo in questa esclamazione, improvvisa, Roberto Fenoglio mandò un lungo sospiro.

—Che cosa avete?—domandò ella a sua volta.

—A-ing-fo-hi!—rispose egli sospirando da capo.

—E che cosa vuol dire quest'altra frase?

—Vuol dire, o signora.... Ma anzitutto, mi promettete di non andar in collera?

—Ve lo prometto, purchè non mi diciate

 complimenti.

—Oh, saranno verità sacrosante: vi dirò quello che sento e nulla più. Sapete voi che cosa avvenga allo zolfo quando un raggio di sole, attraversando il fuoco di una lente, viene a percuotergli sopra?

—Credo che si accenda, ma non potrei giurarlo, perchè non m'intendo di fisica.

—Oh, giuratelo, signora mia, giuratelo pure! Cotesto è avvenuto a me, dacchè voi siete entrata qui, cioè, mi spiego, da quando io mi sono svegliato. Voi siete il raggio di sole; l'occasione bizzarra che vi ha condotto qui è la lente; lo zolfo infine sono io, Roberto Fenoglio, avvocato, e scapolo per giunta. Siete nubile voi?

—No, signore.

—Ah! c'è un marito!...

—Neppure; egli c'è stato.

—Siete vedova, dunque! Vedova! oh dolce nome! siete vedova, e siete bella! Ma tutto ciò è un sogno.... Abbandonarsi all'ignoto! lasciar operare il caso!... L'ignoto è venuto, il caso ha operato un miracolo!

—Che dite voi ora?

—Lasciatemi dire, o signora; parlo col mio angelo custode. Non credete che io ci abbia un angelo custode? È lui che vi ha condotta quassù: consentite che io adori in voi i decreti della divina Provvidenza. E l'esservi voi dichiarata mia moglie non è forse una voce del cielo? La vocazione di Abramo è stata determinata da assai più lievi cagioni. Insomma, o signora, vengo difilato alla conclusione del mio discorso, che vi sarà parso sconclusionato; ma io m'intendo e basta. Che direste voi di un uomo non vecchio, nè al tutto sgradevole, e con ventimila lire di entrata senza contare uno zio materno, decrepito, senza figli, e con mezzo milione?

—Direi,—rispose la signora che sapea stare alla celia,—ch'egli è un uomo fortunato.

—Non mi avete inteso; mi spiegherò meglio. Che direste di quest'uomo, se egli vi proferisse la mano, dopo avervi umilmente chiesto la vostra?

—Direi ch'egli è un bel pazzo, a concepire di così fatti disegni e più pazzo ancora a dirli a me, la prima volta che egli mi vede, e in una somigliante occasione.—

Roberto Fenoglio chinò il capo e lasciò cader le mani penzoloni lungo i braccioli della scranna sulla quale era venuto a sedersi per cominciare il suo dialogo.

—Tutte così, le donne!—esclamò egli, sospirando.

—Tutte così, voi dite? e perchè di grazia?

—Perchè?—ripetè con accento di amarezza Roberto Fenoglio.—Voi mi chiedete ancora il perchè! Perchè esse si dilettano a tormentare il cuore di un uomo, lo girano e rigirano per tutti i versi, scherzandovi su colle loro unghie feline che lacerano dovunque toccano e fanno spicciare il sangue. Dite loro: vi amo, lo dite con tutta la sincerità dell'anima vostra, ed elleno vi ridono sul viso con aria d'incredulità. Per esse l'amore non esiste che allo stato di vecchiezza; lo fanno nascere dalla consuetudine, vi negano ch'e' possa essere il risultato di una commozione subitanea. L'amore per gradi; che bella cosa! Ma qual è, dopo quant'altri gradi incomincia quello in cui si può dire vi amo ed esser creduti? Io mi ribello, o signora, contro questa falsa teorica. Voi stessa, che la lodate palesemente, non ne credete in cuor vostro una jota. Ma essa vi torna acconcia per guadagnar tempo, per pigliarvi diletto dei nostri tormenti… Orvia, signora, non crollate la vostra testolina a quel modo! Lasciatevi dire la verità da un uomo che riceve per la prima volta la scossa elettrica! Io non ho amato mai, sebbene molte fiate siasi potuto argomentare il contrario, da certe vaghe apparenze. Questo affetto che io vi confesso candidamente ora, è già padrone di me. Se la cosa dovesse procedere diversamente, se io dovessi innamorarmi di voi a gradi, a gradi, avreste ragione a non usarmi misericordia, perchè io sarei un uomo da nulla. Come è nato questo amore? Non lo so. La novità del caso era fatta piuttosto per ispirarmi la diffidenza; ma non ne fu nulla. Se debbo confessarvi un mio sospetto, vi dirò che vi ho amato in quel momento che avete posto il vostro braccio sotto il mio. In quella dolce pressione che volea dirmi: salvatemi! io ne ho sentito un'altra che diceva: amatemi. Ho inteso la vostra preghiera, ho accettato il vostro comando; perchè una corrente elettrica mi ha signoreggiato ad un tratto. E subito, comunque turbato, ho messo ogni mia virtù a tornarvi utile. Chi, se non il cuore, mi ha detto allora che voi eravate una gentildonna? Sì, una gentildonna; questa persuasione si è trasfusa a quel contatto in tutto l'esser mio, ed io non ho sospettato di sapere il vostro nome per obbedirvi, come non lo chiedo ora, innanzi di confessarvi che vi amo. E adesso ridete pure, ridete liberamente di me!

—Perchè riderei?—chiese la sconosciuta, con piglio soave.—A schietto parlare schietta risposta. Che cosa direste voi di una donna, la quale, alle prime parole di un uomo che ella vede per la prima volta, gli rispondesse: vi credo, e accettasse di grand'animo l'amor suo?

—Direi che ella è una donna superiore a tutte le altre, o, per rubare una sua magnifica frase al divino Petrarca, «colei che sola a me par donna.»

—No, signor Fenoglio, non lo direste, o, dicendolo, non lo pensereste. Se questa donna non conosce ancora quest'uomo….

—Ma neppure io, o signora, conoscevo voi, e tuttavia….

—Gran bella ragione!—interruppe la donna.—Vedete mo il gran risico che correvate voi! Ed è egli possibile che il vostro senno non vi dimostri la grave, la profonda differenza che corre tra un cuor d'uomo e un cuore di donna? Che sacrifizio fa l'uomo ad amare e a dirlo, egli tentatore, egli padrone di perdere nel giuoco quel tanto appena che ha messo di posta? Noi, povere donne, quando amiamo (il che più veramente ci avviene che a voi, e con più violenza di subitanea passione che voi non crediate) paghiamo i nostri errori col dispregio di noi medesime. Non parlate più? Non crollate più a vostra volta il capo, in segno di incredulità? Vedete pure che non avevate ragione, e, schietta come sono, vo' confessarvelo. Ho detto testè: se questa donna non conosce ancora quest'uomo... e ho detto male, poichè io già vi avevo conosciuto, sebbene da mezz'ora, più addentro che se la nostra conoscenza già contasse anni di vita. Siete un galantuomo e un gentiluomo, ed io vi ho veduto alla prova. Credete pure che io so rendervi giustizia! Noi povere donne non possiamo parlar liberamente come voi fate.... E per legge di natura, e per vincolo di educazione, noi siamo il sesso debole; non abbiamo altra arma migliore in nostra difesa che la diffidenza, la eterna diffidenza.

—Il sesso debole!—soggiunse Roberto.—Siamo noi il sesso debole!

—Quando ci amate, s'intende. Ma dura così poco in voi, questo stato di malattia! La convalescenza è sempre assai pronta, e ripigliate sempre le forze smarrite.—

Roberto Fenoglio rimase muto. Era quella la più eloquente risposta che egli potesse dare alla sconosciuta. Ella aveva ragione sulle generali, e sebbene egli non avesse torto nel suo caso particolare, non era quello il momento per costringerla a riconoscerlo.

Perciò, tacendo egli, v'ebbe un tratto di pausa nel dialogo. Roberto, colla fronte china, contava i pezzettini di marmo del suo pavimento a mosaico; la signora guardava Roberto, aspettando che dicesse qualcosa.

E così guardandolo, e vedendolo silenzioso, le scese inavvertita in cuore quella pietà traditora che è sorella dell'amore e che non ha altro ufficio se non questo, di aprir l'uscio di casa al fratello.

—Povero giovine!—le susurrava al cuore la pietà.—Tu gli hai detto di brutte cose, ed egli non ardisce nemmanco risponderti. Vedi com'è contrito ed umiliato! Ora, lo hanno detto le sacre carte: cor contritum et humiliatum Deus non despiciet. Egli ha una cera simpatica, per verità! E poi, com'è gentile di modi! Come si è adoperato volenterosamente a farti servizio! Quanti altri uomini, nel caso suo si sarebbero diportati com'egli? Quanti altri, posti con una donna sola, sconosciuta, in casa loro, non avrebbero piuttosto ceduto a diverso consiglio? Gli uomini, in genere, sono un'assai brutta razza, animi volgari, carne impastata di fango…. Ma egli! povero giovine! Suvvia, bisogna ricompensarlo con una dolce parola!—

E la cercò, la dolce parola; ma lì, sulle prime, non le venne fatto trovarla. Trovò bensì un più soave accento e un più soave sorriso, per dirgli:

—Or dunque, signor Fenoglio, voi sarete il mio cavaliere, per accompagnarmi a casa. Non è egli vero?

—Come vorrete, o signora, come vorrete. Vado subito a levarmi di dosso queste ridicole insegne di mandarino cinese e sono ai vostri comandi. Ma innanzi di partire udite ancora una parola, e sarà l'ultima, ve lo giuro!

—Con che aria mi dite voi questo!—rispose la signora.—Siate più gaio, ve ne prego; amo meglio udirvi a scherzare, come poco fa, che parlar malinconico e guardarmi accigliato, come ora.

—Perdonatemi,—disse Roberto,—ma non posso far forza al mio naturale. Sotto la forma di uno scherzo vi ho detto poco fa tutto quello che il mio cuore sentiva. Vi ho profferto sinceramente e prontamente la mia mano, perchè aveste a scorgere sulle prime la purità de' miei intendimenti. Era quello il primo omaggio che io dovevo rendere ad una donna come voi, al primo momento che sentivo di amarla. Voi mi avete tolto in quella vece per un uomo leggero, per un di quei capi scarichi che s'innamorano al primo uscio; ed ecco, io porto la pena di aver fatto un giusto proposito e di non averne subito dichiarato le lodevoli ragioni….

—Ah signore! E credete voi che io non le abbia pensate, tutte queste cose gentili? Andate, andate a mutar abiti, senza fantasticare più altro, poichè davvero stillandovi in questa guisa il cervello, non siete più giusto, nè con voi, nè con me.

—Vado, signora, vado; ma ditemi ancora... io vi accompagnerò a casa! me ne tornerò senza un conforto nel mio solitario quartierino da scapolo.... E quei due che mi sanno ammogliato... che lo andranno a ridire....

—È vero!—esclamò la sconosciuta, lasciando cadere la sua testolina leggiadra contro la spalliera della poltrona.—Non ci avevo pensato! Mi fate adesso riconoscere quanto io abbia operato sconsideratamente con voi. Oh quanto me ne duole!—

E l'espressione del volto di quella donna fu così melanconica, nel pronunciar ch'ella fece quel suo me ne duole, che Roberto Fenoglio cadde ginocchioni a' suoi piedi, e, prendendola per mano, si fece a dirle con accento concitato:

—Non vi addolorate, per carità! Ho detto una sciocchezza.... Ma dove diamine l'ho pescata io! Piuttosto che vedervi piangere, mi ucciderei. La gente dirà quel che vuole... mi crederà ammogliato; non me ne importa; mi condannerò ad un eterno celibato, e non sarà un grave sacrifizio per me, dopo quello che vi avrò fatto, di non riuscirvi altrimenti molesto. Veduta voi, quale altra donna al mondo amerei?—

La pietà traditora inumidì leggermente le ciglia della sconosciuta.

—Avvocato,—disse ella con piglio di leggiadra dimestichezza,—voi mi accompagnerete; saprete dove sto, ed io vi annunzio fin d'ora che sarà sempre aperta per un gentiluomo pari vostro la casa di Laura Moneglia....—

La folgore, cascata ai piedi di Roberto, non gli avrebbe fatto più senso di quel nome e di quel casato che uscivano soavemente dalle labbra della sua ospite leggiadra.

—Che?—gridò egli, balzando in piedi.—La cugina di Felicino

 Magnasco?

—Conoscete mio cugino?—dimandò la signora Laura.

—Se lo conosco, signora... se lo conosco.... Figuratevi! egli era qui seduto su quella medesima poltrona, mezz'ora innanzi che giungeste voi, e mi stava pregando... mi stava dicendo.... Insomma, oggi stesso e' doveva presentarmi a voi.

—A me? voi? Ah, mi ricordo... mi parlò di un signore, suo amico....

Sicuramente. Infatti il vostro nome non mi giungeva nuovo. Mio cugino

Magnasco parla molto bene, e meritamente, di voi. Orbene, che male c'è

che io sia sua cugina?

—C'è, o signora, che voi... già lo sapete... Felicino vi ama....

—Orbene, che mi ami!

—Ah! sta bene?—dimandò sbigottito Roberto.

—Si, certo, ma io non amo lui.—

A Roberto Fenoglio fu per balzar fuori un sospiro di contentezza; ma si rattenne in tempo.

—Lo amerete più tardi;—si provò a dir egli.—Vi piegherete a' suoi voti, alle sue preghiere. Felicino è un bel giovane, ha un ottimo cuore....

—Tutto ciò che vorrete,—rispose la signora Laura,—ma egli non mi piace oggi, e non mi piacerà domani, nè poi.

—Egli sta fresco, allora, il mio povero amico; ma cotesto non potrà giovarmi, non farà crescere d'un punto le mie speranze, dopo la promessa che gli ho fatta....

—Che promessa?

—Faccio male a dirvelo? Mi pare di no, poichè intanto avevate a saperlo!... Di aiutarlo presso la sua divina parente, di persuaderla a concedergli la sua mano.

—Ah! ah! un mirabile spediente! E come lo ha scelto bene tra tutti!—gridò Laura, ridendo a più non posso.

—Signora, e perchè?

—Ma si, lasciatemi ridere per carità! Si vede che il mio cuginetto è molto perspicace.

—Signora, io non so... non so se debba imbronciarmi o ridere con voi.

—Si, ridete, ridete! Tutta questa gaiezza non ha nulla che possa recare offesa al vostro carattere, ve lo giuro!

—Mi fido di voi, bella signora, e rido anche io. Povero Felicino!

—Orvia, si fa tardi; andate a vestirvi.

—Sì, avete ragione; questa volta vado subito. Due minuti, e torno.—

Uscito Roberto dal salotto, Laura rimase sola a pensare. Che cosa pensasse non vi dirò, poichè non sono mai penetrato nel cuore d'una donna.

Dieci minuti dopo, Roberto Fenoglio ricompariva nel salotto, vestito da cristiano, col suo abito nero di gala, il pastrano sul braccio e lo staio in mano. Come avesse potuto spicciarsi a quel modo non saprei dirvi. So che l'amore fa miracoli a palate, e non mi stupisco di questo.

CAPITOLO V

Il mio protagonista, levandosi di dosso quegli abiti da cinese, tornava quel che era, un simpatico giovinotto, se pure può dirsi giovinotto chi ha passata di anni parecchi la fatale trentina. La signora Laura lo guardò e i suoi occhi manifestarono una lieta maraviglia. E invero la cosa non poteva essere diversa, poichè l'avvocato Fenoglio, oltre all'avere un gentile aspetto, era innamorato cotto; e l'amore, come tutti sanno (e se qualcheduno nol sapesse, glielo dico io), abbellisce la gente, sia che conferisca più vivacità allo sguardo, sia che impallidisca le guancie, secondo che è lieto, o sfortunato per coloro che l'hanno nel cuore.

Quello di Roberto Fenoglio non potea dirsi ancora nè una cosa, nè l'altra; era fresco di un'ora, ma era nato vigoroso come Ercole, di cui narra la favola che, stando in cuna, strozzasse colle sue poderose manine i serpenti. Il desiderio di piacere a quella bellissima donna, il rispetto che sentiva per lei, sebbene l'avesse conosciuta in così strana maniera, la stranezza medesima del caso che metteva, sto per dire, un pizzico di sale su quel negozio, già di per sè saporito abbastanza, tutto ciò trasfigurava Roberto Fenoglio. Se non temessi di farmi dare dell'eretico, direi che quello era il suo Tabor, e che intorno alle tempie egli ci aveva un'aureola.

—Dunque, signora,—diss'egli accompagnando le parole con un grandissimo inchino,—poichè così volete, andiamo; io sono ai vostri comandi.

—Voi siete un gentil cavaliere!—rispose la signora Laura.—Andiamo dunque; mi sa mill'anni d'essere a casa mia.

—Questa sarebbe casa vostra, se voi voleste, o signora….

—Pazzo!—interruppe ella, e temperò la frase con un divino sorriso.—Di ciò mi parlerete più tardi….—

Così dicendo ella seguì Roberto Fenoglio nell'anticamera fino alla porta.

E qui avvenne un caso mirabile, strano, bizzarro, non mai più udito, nè visto; un caso che io potrei darvi ad indovinare alle cento, alle mille, alle diecimila, ma tanto e tanto non vi apporreste al vero; un caso che parrà inverosimile, e che infatti è inverosimile davvero, come è spesso inverosimile la verità.

Non vi è egli mai avvenuto, o lettori, di vedere un tramonto di sole, di notarne gli strani colori, i più strani effetti di luce, e dire tra voi che, se un pittore lo copiasse fedelmente, gli darebbero dell'esagerato? Non vi è egli mai occorso di udire un fatto, o non avete nella vostra storia particolare un caso tanto bislacco da farvi dire, quando ve ne ricordate, che se un romanziere lo raccontasse, non parrebbe vero a nessuno?

Orbene, uno di questi casi occorse per l'appunto ai miei due personaggi; uno di questi tramonti toccò alla mia narrazione, la quale non è un sole pur troppo!

Roberto avea posto la mano sulla chiave e faceva girar la stanghetta per aprire. In quel punto, proprio in quel punto, si udiva una forte scampanellata. Egli, sebbene quel suono improvviso gli urtasse maledettamente i nervi, non fu più in tempo a fermarsi. L'uscio si apriva sotto le sue mani, e un uomo si presentava nel vano. Questo uomo fu sollecito ad entrare, e la prima persona che egli ebbe a vedere (poichè Roberto, nello aprir l'uscio, si cansava per darle il passo) fu la bellissima Laura Moneglia.

Chi era costui? Perchè al veder quella donna e' dava uno sbalzo indietro, spalancando tanto d'occhi a guisa di spiritato?

Era Felicino Magnasco, che vedeva innanzi a sè la sua crudele cugina.

Fu un colpo di scena che io non vi starò a descrivere, e di certo non potrei se pur lo volessi. Il fatto, l'atto istantaneo, non si dipinge; lo scrittore non può mutarsi in fotografo.

Felicino Magnasco entrò coll'aria più impacciata che vi possiate immaginare, e ne aveva ben donde. Roberto Fenoglio non lo era meno di lui.

—Oh, buon giorno, Felicino!—esclamò egli, senza sapere che cosa si dicesse.—Che buon vento ti porta quassù? Come va la salute?

—Bene, grazie; e la tua?

—Optime, Felicino, optime; e che cosa mi frutta una tua visita così mattiniera?

—Ah sì!...—rispose l'altro.—È un'ora indebita... giungo in mal punto....

—Ma no, Felicino, ma no... figurati! un amico come sei tu giunge sempre gradito.

—Grazie da capo; ma lasciatemi raccapezzare...—soggiunse Magnasco.

—Sì, raccapezziamoci, vuoi sederti un tratto? Signora....—

La signora Laura intese com'egli le chiedesse licenza di fermarsi ancora qualche minuto, e fe' per tornare nel salotto.

—Oh, mi rincresce di recar fastidio....—ripigliò Felicino,—ma proprio non capisco... non ricordo più perchè io sia tornato quassù....—

E il povero Magnasco, cavato di tasca il fazzoletto, si andava asciugando il sudore che gli gocciolava in copia dalla fronte.

—Ecco...,—diss'egli, come furono nel salotto,—mi ricordo.... Appena ti ho lasciato, son corso verso casa.... Ma ho trovato degli amici sotto i portici del teatro Carlo Felice, che uscivano da cena.... Essi mi hanno trattenuto colle loro chiacchiere.... Poi, sono andato a casa... ma giunto a mezza scala, mi avvedo che ho dimenticata la chiave. Dove posso averla lasciata, se iersera l'avevo? Allora ho pensato che il mio pastrano l'avevo riposto nella tua anticamera, e che per conseguenza.... Ma permettimi, vo subito a vederci; di certo la è cascata in qualche cantuccio....—

E senza aspettar altro, Felicino Magnasco, che non aveva ancora alzati gli occhi verso la sua cugina, uscì a precipizio dal salotto.

—Or bene, che si fa?—chiese Roberto alla signora Laura.

—Che si fa?—rispose ella.—Raccontargli.... È il partito migliore.

—Oh no, signora, nemmeno per sogno!—disse Roberto.—Egli crederà che lo si voglia ingannare. Non c'è di peggio che la verità. E poi avete voi un gran tornaconto a scolparvi con lui? Già voi lo amate?

—Ma che! vi pare?

—Dunque....

—Dunque, ditegli ciò che vorrete.

—Ampia facoltà?...

—Pieni poteri.—

Era tempo che s'intendessero; Felicino tornava nel salotto.

—Ecco la chiave!—gridò egli, entrando col prezioso arnese tra le dita.—Essa era a terra, di costa al tavolino.

—Anch'io ho trovato la mia!—borbottò Roberto Fenoglio, guardando di sott'occhi madonna Laura.

Quindi, fattasi scorrere la palma della mano sulla fronte, come un uomo che ha presa una deliberazione, entrò a parlare in tal guisa.

—Felicino, amico mio, ti presento mia moglie!

—Tua moglie!—

Questo grido uscì dalla bocca di Felicino Magnasco, come il «tu quoque, Brute, fili mi?» dalla bocca di Cesare. In quel grido si distingueva la meraviglia, l'ironia, il rimprovero, e Dio sa quante altre cose ancora!

Roberto Fenoglio non s'era vantato oltre i suoi meriti, dicendo com'ei fosse nato per far l'oratore. Il discorso che gli venne fuori in quella difficilissima occasione, comunque spezzato dalle necessità del dialogo, lo ha collocato (nella mia stima, s'intende) all'altezza di Cicerone e di Demostene.

—Felicino,—diss'egli, con accento grave che dimandava altrettanta gravità dal suo uditore,—ricapitoliamo, e t'avvedrai di non poter darmi il torto.

—Ah, vedremo!—rispose Magnasco.

—Sicuro, vedremo, e da senno, non già per mo' d'ironia, come tu dici. E prima di tutto, che cosa sapevo io de' tuoi disegni matrimoniali con tua cugina? Innanzi che la signora Laura Moneglia diventasse la signora Laura Fenoglio, potevo io prevedere che un amico mio l'avrebbe un giorno chiesta in matrimonio? ed anco pensandolo in anticipazione, dovevo far io, era egli ragionevole di chiedermi il sovrumano sacrifizio di rinunziare alla sua mano... che è così bella? Tu non sarai così crudele da aver di cosiffatte pretensioni, Felicino mio, non è egli vero? Tu non vorrai inoltre negli amici tuoi, per atto di amicizia, il dono della profezia!

—No certo, io non pretendo tanto.

—Or bene? che colpa puoi tu fare a me, se ho sposato la tua leggiadra e nobilissima cugina... se un matrimonio clandestino....

—Ma, signore...—entrò a dir Laura con aria turbata.

—Or bene?—disse voltandosi a lei, Roberto Fenoglio.—E i pieni poteri?—E nell'accento, come nello sguardo di Roberto, c'era tanta malinconia, che madonna Laura si diè quasi per vinta, e ricadde colla sua bella testolina inerte sulla poltrona.

Roberto Fenoglio proseguì volgendosi all'amico Magnasco:

—Io te lo ripeto, che colpa ci ho? Stanotte tu mi cogli alla sprovveduta, mi tiri un colpo a bruciapelo, chiedendomi di renderti servizio presso la tua signora cugina…. Io casco dalle nuvole…. Non so risponderti… non so dirti, spiattellarti la verità… piglio tempo, per aspettare il tuo ritorno e raccontarti a mente serena ogni cosa… ma ecco, tu capiti cinque ore prima; mi trovi solo colla mia signora… che colpa ci ho io?

—Sta bene;—rispose Felicino, mettendo fuori le parole a stento,—ma tutto ciò non è molto chiaro. A qual pro un matrimonio clandestino?

—Ah, per cotesto ti assicuro, Felicino, che ci abbiam avute le nostre gran ragioni. Io te lo dirò poi…. se la mia signora consentirà.

—Felice, io vi giuro….—incominciò la signora Laura.

—Che se non fosse mia moglie,—proseguì prontamente Roberto, dandole sulla voce con molta accortezza,—tu non l'avresti colta in casa mia, sola, a notte inoltrata.

—Mi congratulo con gli sposi!—soggiunse Felicino colla sua aria imbronciata.—Ma ormai non ci sarà più ragione a nascondere il fatto, e tu farai pubblica la nuova delle tue contentezze.

—Sì, certo, domani stesso; le ragioni che ci hanno fatto tacere e dissimulare fin qui, son cessate; non è egli vero, Laura?

—Voi siete crudele!—mormorò la signora.

—Vi ho già detto,—soggiunse egli, curvando la persona verso di lei per parlarle a mezza voce,—che la verità non sarebbe stata creduta.

—Mi accorgo,—notò Felicino,—che ci avete delle tenerezze a dirvi, e me ne vado. Già non ho sonno, e andrò a fare una cavalcata. Hai veduto il mio baio, Fenoglio?

—Sì, un bell'animale; ma aspetta, usciamo anche noi.—

Il bel cuginetto diede una girata sui tacchi, e se ne andò ad ammirare un quadro appiccato all'opposta parete.

Madonna Laura, a sentirlo parlare come aveva fatto allora, fu costretta a pensare che il suo cugino non si pigliava po' poi grande rammarico della sua perdita.

Felicino era un uomo del suo secolo, o per dir meglio, del suo mezzo secolo. Il decimonono va diviso in due periodi; il primo è di Jacopo Ortis; il secondo di…. manca il nome, perchè ancora manca il libro, ma i lettori capiscono.

Intanto Roberto conduceva la signora Laura verso la strombatura di una finestra.

—Signora, vi chiedo scusa, ma già ve lo avevo detto.

—Sì, sì, ho inteso; m'avete reso pan per focaccia.

—Accettate il mio pane?

—Ne parleremo più tardi.

—No; ora io debbo mutar registro con vostro cugino. La verità, detta adesso, senza ch'egli possa sospettare che si voglia mendicar pretesti con lui, può essere, deve essere creduta.

—Ma, signore....

—Signora....—

Dicendo questa parola, Roberto aveva le lagrime agli occhi. Laura se ne addiede, e gli stese affettuosamente la mano.

—Ah!—gridò egli balzando una spanna da terra.

—Che cosa c'è?—chiese Felicino, voltandosi indietro.

—C'è, Felicino mio, che la tua bella cugina non è altrimenti mia moglie.

—Come? che dici tu?

—Cioè.... mi correggo.... non lo è ancora, ma lo sarà tra breve. Perdonami, Felicino, ma la gioia mi soffoca. Io non conoscevo tua cugina. Un caso, nota, un mero caso l'ha condotta qua, questa notte, per l'uscio che tu, nell'andartene hai lasciato aperto....

—Ah, diamine!

—Sì, tutto ciò sarebbe troppo lungo a narrarsi ora, ma lo saprai per filo e per segno più tardi. Il fatto sta che un tessuto di bizzarre avventure ci ha condotto a questo punto, e che adesso, per la prima volta, la mia divina fidanzata mi ha sporto la mano.

—Adesso!—esclamò Felicino stupefatto.

—Adesso, mentre tu stavi guardando quella incisione del Morghen, che io ti regalo, se la ti va a genio.

—No, grazie; non saprei dove metterla.

—Come ti piace; ma dimmi, che ora fai?

—Che domanda balzana!

—Per carità, Felicino, te ne prego, che ora fai? Felicino guardò l'oriuolo.

—Le sei e un quarto!—diss'egli—sei rappattumato cogli orologi?

—Sì, Felicino mio; ne comprerò dieci, venti, trenta, ne riempirò tutte le camere, tutti i bugigattoli di casa; ma tutti segneranno le sei e un quarto, eternamente le sei e un quarto.

—Bravo!—soggiunse Magnasco, sforzandosi a sorridere e non venendo a capo che di fare una smorfia.—Così non ti seccheranno col loro tran tran.

—Certamente; tu dixisti! A proposito del tran tran, sai tu, Felicino, che m'hai fatto un vero regalo colla tua teoria dell'ignoto, del dio Caso e del ragionare coi piedi? Senza quel tuo discorso eminentemente filosofico, io sarei andato a letto, in cambio di starmene sdraiato su questo canapè ad aspettare l'ignoto. L'ignoto non sarebbe venuto senza quell'uscio che tu lasciasti aperto, e il dio Caso non avrebbe potuto rompere la monotonia dei miei giorni. Felicino, amico mio; una stretta di mano, e non aver rancore contro il tuo amico, se gli è stamane più felice di te. Ah, che cosa ne dici di questo?

—Grazioso, e me lo merito! Ma tu mi racconterai....

—Sì, tutto.... se la mia bella fidanzata lo consentirà.

—Perchè no?—soggiunse madonna Laura.—Qui non c'è nulla che non si possa raccontare. Ma andiamo, che già gli è giorno chiaro.

—Cugina,—disse Felicino Magnasco,—mi permettete di offrirvi il braccio? Il mio Roberto non ne sarà mica geloso?

—Oh, spero di no!—rispose ella, volgendo a Roberto una di quelle occhiate che solo le donne sanno dare, e nelle grandi occasioni.

CAPITOLO VI

49

Lettrici e lettori, qui la mia storia sarebbe finita; ma perchè non abbiate a dire che io vi ho piantati sul più bello, aggiungerò ancora poche note, a guisa di epilogo.

E in primis vi dirò che, quaranta giorni appresso, Laura Moneglia, la leggiadra vedova (vedova di due mesi di matrimonio con un decrepito zio) andava a seconde nozze, anzi a prime, coll'avvocato Roberto Fenoglio.

La cerimonia fu fatta nella aristocratica chiesa della Maddalena. C'erano parecchi amici, e tra essi Felicino Magnasco, il quale aveva finalmente saputo tutti i particolari di quella notte bizzarra, e ancora non potea darsene pace.

Gli sposi, appena ebbero detto il dolcissimo sì, partirono alla volta della campagna. Non talentava loro di andare a Parigi, nè a Londra, nè cullare i primi giorni di amore tra la polvere delle strade maestre, l'ingombro delle valigie e la inevitabile filatessa prosaica delle mille necessità di viaggio, nè far confidente di susurrati discorsi leggiadri il cortinaggio ristucco di un letto di locanda.

Se ne andarono in quella vece ad una villeggiatura di Roberto, posta mirabilmente su di una collina, di rincontro al mare, graziosa palazzina di due piani, contornata di fiori, con due falde di vigneti e di boscaglie, i vigneti a solatìo, le boscaglie a bacìo. I primi tepori della primavera rinverdivano la natura, smaltando di gaie tinte il fondo del più bel quadro d'amore che mai potesse immaginare una mente d'artista.

Colassù non vedevano alcuno, nè d'alcuno avevano, o cercavano, notizia. Giungevano lettere e le lasciavano chiuse nella sopraccarta; i giornali s'affastellavano sui canterani, accanto alla parete, colla fascia intatta.

Come fu passato un mese di quella vita, si ricordarono un giorno che avevano promesso di tornare a Genova: ma se ne ricordarono per guardarsi in viso, ridendo, e dirsi a vicenda che amici e congiunti potevano aspettarli ancora un bel pezzo.

Insomma, ve l'ho a dire? non si mossero per tutta l'estate, e sarebbero anco rimasti fino a tardo autunno, se la signora Laura non avesse proprio dovuto andare in città, per certi apprestamenti che l'accorta lettrice indovina....

Il dì della partenza, scesero la collina a passi lenti.... Ella non era così leggiadra come il primo giorno che era salita lassù, e aveva bisogno d'un saldo appoggio al braccio di Roberto.

Ella e lui, si voltavano indietro ad ogni passo, per guardare il loro bel nido, che splendeva di rincontro al sole, e andavano ripetendo a vicenda: «Torneremo? torneremo questa primavera. Oh come ci parrà lungo il tempo!»

E tornarono; ci tornarono tutti gli anni seguenti, e ci torneranno quest'altro, innamorati come prima, circondati dalla più vispa, dalla più ricciuta e dalla più leggiadra famigliuola, che abbia mai potuto desiderare, nei suoi sogni di paternità, il vostro umilissimo servo.